Raconte-moi un conte en coloriage

Maia GIO

L'enfant Paresseux

L'orfèvre trop cupide

Les éditions **MEDUZA**

Traduction: Maia Gio
Illustration: Irakli Kakhadze
Lecture-correction: Elisabeth Dumont-Le Cornec
Conception graphique: Levan Shavlakadze

39 Quai de Grenelle 75015 Paris

ISBN: 978-2-490840-00-7

Dépôt légal: février 2019 - Édition 01
Achevé d'imprimer en janvier 2019 par PETITE, Géorgie
Loi n° 49-956 du 16 juillet 1949
sur les publications destinées à la jeunesse

L'enfant Paresseux

Il y avait et il n'y avait pas, qui peut le savoir…

C'est ce qu'on raconte en tout cas en **Géorgie**…

Il était une fois un forgeron qui avait un fils paresseux. Le père travaillait beaucoup pour nourrir sa famille jusqu'à ce qu'il devienne trop vieux et malade. Un jour, il appela son fils et dit:

- Qu'est-ce qu'on va faire de toi, tu n'as jamais travaillé de ta vie! Je vais donner tout mon héritage à quelqu'un d'autre car tu dilapideras tout.
- Et pourquoi notre fils ne pourrait pas gagner sa vie? dit la mère en prenant la défense de son fils.
- Et bien, s'il en est capable, il n'a qu'à se mettre tout de suite au travail.

Le lendemain, la mère donna de l'argent à son fils :
- Prends cet argent, va te balader toute la journée, reviens ce soir et donne cet argent à ton père en lui disant que c'est toi qui l'as gagné!

Le fils sortit vagabonder toute la journée. Il rentra le soir et donna l'argent à son père :
- Je me suis épuisé pour gagner cet argent.

Le père prit l'argent, le tourna dans tous les sens, le sentit, puis il le jeta dans le feu de la cheminée :
- Tu mens mon fils! Ce n'est pas de l'argent que tu as gagné.

Le fils sourit et partit le
dire à sa mère.

Le lendemain, elle donna à
nouveau de l'argent à son
fils et lui dit :

- Va te balader toute la journée. En revenant ce soir, cours le plus vite possible. Quand ton père te verra fatigué et transpirant, il finira par te croire.

Le fils s'absenta toute la journée.

Le soir, essoufflé et transpirant, il rentra voir son père, lui donna l'argent et lui dit :

- Tiens, voilà l'argent que j'ai gagné.

Le père prit l'argent, le tourna dans tous les sens, le sentit, puis il le jeta dans le feu de la cheminée :

- Tu mens, mon fils! Ce n'est pas de l'argent que tu as gagné.

La mère était triste de la mauvaise tournure que l'affaire prenait à chaque fois. Elle dit à son fils :
- Tu vois, ton père n'est pas bête ni facile à tromper. Va travailler quelque part pendant une semaine, même si tu ne gagnes pas beaucoup d'argent, ça lui fera plaisir.

Le fils obéit à sa mère.

Il partit travailler une
semaine.

A son retour, il donna
l'argent à son père et…

Le père prit l'argent, le tourna dans tous les sens,
le sentit, puis il le jeta dans le feu de la cheminée :
- Tu mens encore mon fils, ce n'est toujours pas toi
qui as gagné cet argent!

Le fils, furieux de voir son argent dans la cheminée, se jeta sur les cendres pour les fouiller en criant :
- Qu'est-ce que tu fais, papa? J'ai travaillé une semaine pour gagner cet argent et toi, tu l'envoies dans le feu!

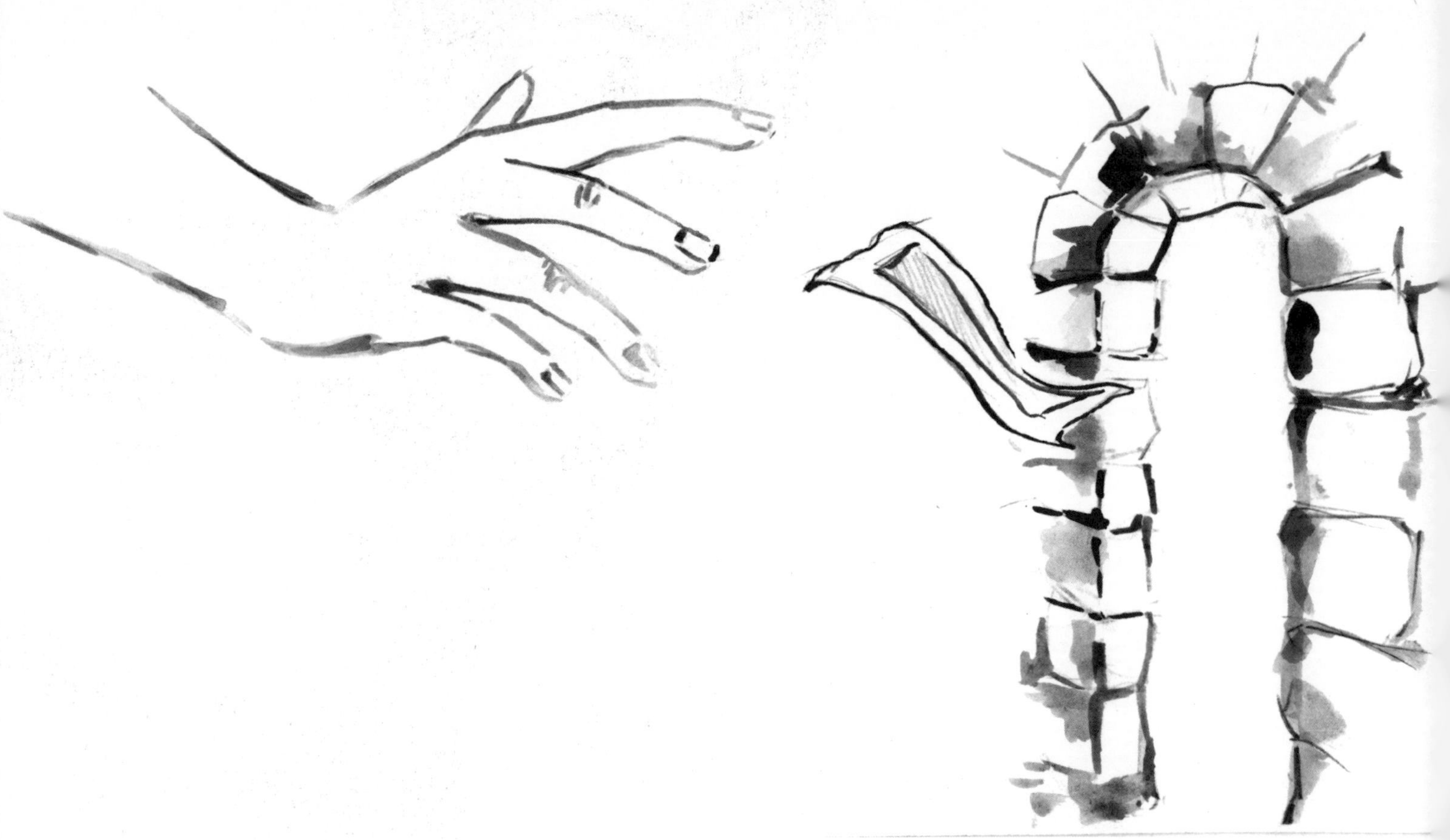

Le père sourit de plaisir et lui dit :
- Maintenant je te crois! Ça t'a rendu tellement triste de voir cet argent dans la cheminée que je vois que tu l'as vraiment gagné de tes propres mains. Tu vois, il est difficile de gagner de l'argent! Rappelle-toi toujours : le travail c'est la vie, sinon tu meurs de faim!

Et le père légua tous ses biens à son fils ...

L'orfèvre trop cupide

Il y avait et il n'y avait pas, qui peut le savoir...

C'est ce qu'on raconte en tout cas en **Géorgie**...

Il était une fois un pauvre homme qui travaillait pour son maître jour et nuit dans les champs. Malgré cela, il demeurait très pauvre.

Un jour de printemps, le pauvre homme attela les bœufs à la charrue comme d'habitude et commença à labourer la terre.

Il faisait tellement chaud qu'il avait du mal à respirer. Pourtant, il ne se permit ni de s'arrêter ni de se reposer.

Soudain, le soc de la charrue se coinça et une grosse pierre sortit de la terre. Le bloc se cassa en deux et brilla.

- Qu'est-ce que cela peut être? se demanda le pauvre homme. Il nettoya la pierre et, que découvrit-il? Une pépite d'or! Il l'emballa, la hissa sur son épaule et rentra vite chez lui.

Le lendemain, l'homme cassa un morceau d'or et l'emporta pour le montrer à un orfèvre du village. A la vue de la pépite d'or, l'orfèvre ouvrit des yeux pleins d'envie.

Il voulut abuser le pauvre homme qu'il croyait ignorant. Alors que la pépite d'or pesait trois livres, l'orfèvre mentit en disant qu'elle ne faisait qu'une demi-livre.

10

L'homme était pauvre, certes, mais pas bête, bien au contraire! Il savait peser et compter et sut donc parfaitement lire la balance.

Il vit tout de suite la cupidité de l'orfèvre et comprit ses mauvaises intentions, alors il récupéra son or pour partir. Mais l'orfèvre essaya de le convaincre de rester.

Le pauvre homme dit à l'orfèvre :
- D'accord! Donne-moi un reçu qui prouve que je t'ai vendu une demi-livre d'or, et tu peux même me régler une moitié maintenant et l'autre plus tard.

Le visage de l'orfèvre
s'illumina de joie et
il lui donna, comme
convenu, la moitié de
la somme et un reçu.

10

Une fois que le pauvre homme obtint ce qu'il voulait, il prit la fuite avec l'or.
- Au voleur! Au voleur! cria l'orfèvre.

Les gens attrapèrent le pauvre homme et
appelèrent le commissaire de police.

L'orfèvre raconta :
- Il m'a vendu un morceau d'or que je lui ai payé et il s'est sauvé sans me le donner.
- Cher commissaire, il ment, dit le pauvre homme, il ment! Je lui ai bien donné le morceau d'or.

- C'est lui qui ment, insista l'orfèvre. Regardez, il le tient encore dans sa main.
- C'est un autre morceau que je tiens. Tenez et lisez le reçu qu'il m'a lui-même donné : il déclare m'avoir acheté pour une demi-livre d'or, et, moi, je tiens là trois livres d'or.

Le commissaire pesa l'or et constata que la pépite pesait bien trois livres comme le disait le pauvre homme.

C'est ainsi que, par cupidité, l'orfèvre perdit à la fois l'or et l'argent.

Le lendemain, le pauvre homme, qui était honnête, rendit son argent à l'orfèvre et alla vendre son or ailleurs.

2019